U0130630

衛斯理系列 少年版 36

眼睛

上

作者：衛斯理

文字整理：耿啟文

繪畫：鄺志德

衛斯理
親自演繹衛斯理

老少咸宜的新作

　　寫了幾十年的小說，從來沒想過讀者的年齡層，直到出版社提出可以有少年版，才猛然省起，讀者年齡不同，對文字的理解和接受能力，也有所不同，確然可以將少年作特定對象而寫作。然本人年邁力衰，且不是所長，就由出版社籌劃。經蘇惠良老總精心處理，少年版面世。讀畢，大是嘆服，豈止少年，直頭老少咸宜，舊文新生，妙不可言，樂為之序。

倪匡　2018.10.11　香港

主要登場角色

老蔡

蔡根富

衛斯理

奧干古達

比拉爾

第一章

平凡礦工殺人如麻

那一天傍晚，我和白素釣魚歸來，看到老蔡的神情十分驚惶，身子在微微發抖，我就知道有什麼不尋常的事發生了。

白素顯然也發覺了這一點，因為她比我先問老蔡：「老蔡，什麼事？」

老蔡立即帶着哭音哀求道：「你們要救救我！救救我！」

我拍着他的肩，「放心，不論有什麼事，我一定盡力幫你。來，到書房來！」

我和老蔡於是上了樓，進入 ，白素則提着釣來的魚，放到廚房去。

一進書房，我還沒有坐下來，老蔡就用他發抖的手，取出了一封信。我心中覺得十分奇怪，因為那信封相當大，是 **政府公函**  用的信封，上面印有一行法文，而郵票的顏色十分艷麗，是一個非洲國家的 **郵票**■。

　　非洲獨立國家之中，有不少以前是 **法國** 的殖民地，沿用法文十分平常，但奇怪的是，老蔡怎麼會有非洲的來信，而且還令他如此惶急和苦惱？

　　我接過了信，向老蔡望了一眼，老蔡的 **手指** 仍然發着抖，向信指了一指，示意我打開來看。我於是打開信封，將信抽了出來，一共有兩張信紙，一張是打印出來的公文，用的是法文，信很簡短：

> 　　基於閣下是蔡根富的唯一親人，所以特此通知，蔡根富由於犯了嚴重的謀殺罪而被判死刑，死刑將在六月一日執行。

　　下面的署名是一個政府部門的負責人。

信中「**蔡根富**」的名字是譯音，我不知道那是什麼人，只覺十分奇怪，所以向老蔡望了一眼。

老蔡的聲音有點發顫，卻着急道：「我不知道那洋文寫些什麼，你看另外一封。」

我連忙取起另外一張紙，上面用**鉛筆**寫着中文字，歪歪斜斜，一望而知是一個識字不多的人所寫的，而且在字迹上也可以看出，寫字的人似在**絕境**中作最後掙扎。

信是寫給老蔡的：

四叔，我是被冤枉的，我沒有殺人，
他們要殺我，你一定要救救我。根富。

　　信比那封公文更短，卻流露着一個人 **臨危求救** 的呼聲。

　　我皺着眉，「這個……根富……」

　　老蔡顯得又悲傷又失望，説：「你怎麼不記得他了？根富，就是根富啊！ **小時候** ，他來看我，你和他一起到河裏去摸過泥鰍！」

　　我苦笑了一下，到河裏去 **摸泥鰍** ，那該是多少年之前的事了，要我記起這樣一個兒時曾一起遊戲過的玩伴，當然是不可能的事。

　　我只好説：「根富，他是你的……」

　　老蔡急急道：「他是我的侄子！是我唯一的親人！他出國的時候，曾向我告別，當時你也見到他！」

　　老蔡講到這裏，我「啊」的一聲想起來了！多年前，老蔡曾帶了一個人來見我，説是他的侄子，要出國去。當

時我正忙着處理一件十分 怪異 的事，要到墨西哥去，只是隨口問了幾句，所以沒有留下什麼印象。

現在想起來，那個年輕人……根富，當時是一副老實模樣的鄉下小孩，剪了個 平頭裝 ，被老蔡推一下，才肯講一句話。雖説人是會變的，但是這樣的一個老實人，竟然變到會犯「 嚴重的謀殺罪 」，這無論如何也有點不可思議！

我看了看日曆，是五月十日，也就是説，離蔡根富的 死刑 執行，只有二十一天。

老蔡神情惶急，我先安慰了他幾句，才問：「根富平時有沒有寄什麼信給你？」

「很少，他沒念過什麼書，平時在 煤礦 又很忙……」

「他在煤礦工作？」我問。

「是的，聽説已經升做工頭了，這些我全是聽一個做 水手 的鄉親説的，今天忽然收到了這樣一封信⋯⋯少爺，那洋文信説些什麼？」

我把那封法文公函的內容告訴了老蔡，老蔡一聽之下，**搖搖欲墜**，幾乎昏了過去。我連忙抓住了他的手臂。

這時候，白素也走了進來，我將那兩封信交給她看，她很訝異，「根富在那邊**殺了人**，被判死刑？」

老蔡連忙道：「不會的，根富決不會殺人，決不會！」

白素皺着眉，「那國家相當**落後**，只怕連完善的司法制度也沒有，根富可能是被冤枉的。況且，如今這個世界，各種騙子和騙案**層出不窮**，這封信是真是假，也成疑問——」

白素說到這裏，向我望了過來。我立刻再細看那封公函上的署名，那位先生的名字很長，姓奧干古達，相信是非洲人，官銜為「**司法部對外聯絡處處長**」。

我連忙說：「我先向這個國家的司法部查證一下，看看信件內容是否**屬實**，弄清楚了情況，然後再想辦法幫助根富。」

老蔡望着我，**淚眼汪汪**👁，

「那麼我們叔侄兩人，就交給你了！」

為了安慰他，我把話說得很滿：

「放心，就算要**劫法場**，我也替

你救他出來！」

然後我又對白素說：「這個國家

在這裏好像有一個商務辦事處，你替

我去辦一下**入境手續**。」

白素點頭答應着。而我也立即

查證該國司法部的聯絡電話，確定無

誤才撥打出去，成功接通後，輾轉接

到「**對外聯絡處處長**

奧千古達先生」，對方用極其純正的法語口音

說：「我是奧干古達，我能為你做什麼？」

我說明了自己的身分，和打電話給他的目的。他呆了片刻，才說：「對的。這件案子極複雜，不適宜在電話中討論，如果你能到我們的 國家 來，我可以和你詳細討論這件事。」

我連忙問：「那麼，至少你可以告訴我，蔡根富是在什麼情形下 殺人 嗎？」

奧干古達苦笑了一下，「那只有他自己才知道，因為和他在一起的人全死了！」

我呆了一呆，「什麼意思，被害者 不止一個人？」

他叫了起來：「一個？一共是 二十三個，有七個法國礦務工程師、十四個我國的礦工，還有兩個，是我國礦務局的高級官員！」

我也叫了起來：「那麼，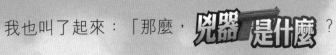機關槍？手榴彈？還是放毒氣？」

　　他只説：「事情很難和你講明白，除非你來，事實上，我也有很多疑點，歡迎你來和我一起研究。剛才你説……我可以在國際刑警總部，得到你的資料？」

　　「是的，你可以去查詢。既然你這麼説，我會盡快來。」

　　奧干古達回應道：「我將會在機場迎接你。」

第二章

維奇奇煤礦兇殺案始末

當我放下了電話之後，思緒十分混亂。

蔡根富被控的罪名竟然是 **謀殺了 二十三人**！

我不敢把這個消息告訴老蔡，只和白素討論：一個平

凡的煤礦管工，怎麼會忽然狂性大發，殺了那麼多人？我

們作了種種假設，都不得要領，只能懷着 **一肚子** 的

疑惑睡覺。

　　第二天一早，白素突然提醒我：「這件事，雖然在非洲發生，但死者那麼多，又有白人在內，當時一定是 **極其轟動** 的新聞，可以上網搜尋一下相關的報道。」

　　白素的話提醒了我，我立即到書房去，上網搜尋相關報道，不論是英文的、法文的，甚至是當地土語的，我都利用 **翻譯工具** 搜尋，並且全部打印出來，供我慢慢研讀。

打印出來的資料有厚厚的一疊，大多數是法國報紙對這件事的記載，還有一份當地最大新聞雜誌，對這件事情的一篇 **傳媒報道**，圖文並茂，頗為詳細。

老蔡端茶進來時，一看到那疊資料，上面有着根富的照片，就 **悲從中來**，淚眼汪汪道：「根富這孩子，怎麼瘦成那樣！」

那些照片大部分都是根富被捕後，由記者所拍攝的。在照片上看來，根富臉上都有一種極度惘然的神情。

老蔡指着那些報道問：「説些什麼？」

我本來不想説的，但考慮到他遲早也會知道，倒不如快點讓他有 **心理準備**，於是告訴他：「報上説⋯⋯根富殺了二十三個人。」

老蔡一聽，臉色立時漲得比熟透了的 **柿子** 還要紅，指着那些法文大罵：「洋人的新聞，全是胡説八道！」

我不想向老蔡多解釋，只說：「我會盡快趕去當地，但先要 研究 一下資料。」

「只有二十天了！」老蔡着急道。

「你放心，有救的話，一天也有救。」

老蔡連聲說：「一定要救他，他不會殺人！」

我點着頭答應，並安慰他退出去，我關起門來，開始研讀資料。

那份雜誌對整件事件的報道最為詳盡，標題是〈維奇奇煤礦謀殺事件始末〉。維奇奇煤礦，就是蔡根富工作的那個煤礦，是該國一個相當有規模的國營煤礦，以生產質地優良的無煙煤而著名。

這個煤礦在法國殖民時代就開始開採，那個非洲國家獨立之後，法國的技術人員並沒有撤離，繼續在煤礦服務。文章中有許多圖片，最大的兩幅，一幅是

蔡根富的照片，另一幅是謀殺案發生的地點，那是一個三百七十米深的礦坑。另外還有一幅維奇奇煤礦第九號礦坑的**平面圖**。

文中亦介紹了這個維奇奇煤礦所用的採煤技術，是**水力採煤法**——就是利用激射的水柱，將煤採下來的一種方法。

蔡根富在維奇奇煤礦中的職位是「一四四採煤小組組長」，這個採煤小組一共有十四名礦工，他們的照片也登出來了，全是死者，看來都是身體十分健壯的黑人。

以我估計，蔡根富除非有不為人知的**超能力**，或者驚人的殺人利器，否則的話，就算單打獨鬥，也絕對打不過其中任何一個黑人礦工，更何況要將他們全部殺掉？

另外兩名礦務局的**高級信使**，也是黑人；而那七個礦務工程師，則是白人，其中兩人還相當年輕英俊。

這篇報道相當長，內容摘要如下：

十二月四日，這日和往常一樣，維奇奇煤礦的一千六百多名日班工人，開始了他們在地底的工作，深度自一百米到三百七十米不等，而最深的三百七十米，就是由一四四採煤小組所負責。

一四四採煤小組的組長蔡根富，是一個華人移民，參與維奇奇煤礦工作已有九年，從雜工做起，直到兩年前獲擢升為一個採煤小組的組長。

那天早上，蔡根富在地面，會合了準時上班的十四名工人後，如往常一樣，乘搭煤礦的交通工具，來到通向地底的入口處。

上午九時欠兩分，一四四小組全體人員，在入口處打了卡，乘搭 **升降機**  下降到礦坑，和他們同一升降機的是另一組採礦工人。

升降機落到三百四十米，那組工人和一四四小組一同離開升降機。一四四小組的礦坑在最深處，還要經過一段 **斜道** 往下去。

九時十分，煤礦的總控制室中，編號一四四的一盞綠燈亮起，表示一四四小組的日常工作已經正常開始。

但到了十時二十三分，**總控制室** 突然接到了一四四小組的電話，控制員馬上接聽，聽到蔡根富的聲音極其急促。

蔡：「天，看老天分上，**快請道格工程師**！」

控制員：「道格工程師在巡視第三號礦坑，你那邊發生了什麼事？快報告！」

蔡（聲音變得更急促）：「道格工程師，請他快來，盡快來，我對他說的事……**請他快來！**」

控制員：「你那邊究竟發生了什麼事？」

蔡（人叫）：「**請道格工程師！**」

控制員：「我立即通知他，是不是還要什麼人幫助？」

蔡根富沒有再回答，可是，他顯然沒有將電話掛上，因為控制員聽到坑道中傳來幾下**慘叫聲**。

控制員知道在一四四坑道中，一定有什麼不尋常的事情發生了，除了慘叫聲之外，他還聽到蔡根富不斷地重複叫着同一句話。而這句話，事後經語言專家鑒定，那是中國長江以北的語言，說的是：「**扛死你！扛死你們！**」

蔡根富的叫嚷聲，加上不同人的慘叫聲，還有尖銳的射水聲，令控制員感到事情的 **嚴重性** ，立刻聯絡上道格工程師的同時，也通知了警衛部門。

道格那時正和六名工程師，陪同兩位礦務局高級官員，在第三號礦坑裏 👁👁視察 。他接到通知後，用法語説了一些話，聽得懂法語的那六個工程師和兩名礦務局高級官員，都哈哈大笑起來。

但在場的其餘工人由於知識水平低，不懂法語，所以都聽不懂道格說什麼。事後，只有一個略諳法文的工人表示勉強聽到道格的話中，提到了「**眼睛**👀」一詞，還有「**蔡根富**」的名字。

道格工程師在講完了之後，就和那幾個工程師，以及兩名礦務局的官員，一起前往一四四小組的礦坑去。

在他們一行人還未到達之前，總控制室在未曾掛上的電話中，留意到一四四小組那個礦坑裏的慘叫聲漸漸停止了，射水聲也戛然而止，只剩下濃重的 **喘氣聲**，似是蔡根富所發出來的。

而在七分鐘之後，道格工程師一行人便到達了一四四小組的礦坑裏，總控制室隨即聽到一連串的驚呼聲，接着是道格工程師在驚叫：「**蔡，你發瘋了！你……這些人全是你殺──**」

可憐的道格，話沒有說完，就被自己的慘叫聲所代替。接着又是一連串別人的慘叫聲，其中有一名礦務局的官員高叫：「**別殺我！別殺我！**」可是他只叫了兩下，就沒有聲息了。

這時，整個總控制室都緊張起來，緊急的紅色燈號亮起，附近的其他坑道，全部人員**緊急疏散**。

在未掛斷的電話中，一四四小組的礦坑已經再沒有聲音傳來。

雖然整件事的經過，有不少「**耳聞者**」，而且也有通話錄音。但是，唯一的目擊者，卻只有蔡根富一人，其餘的人──包括一四四小組的礦工，和道格工程師那一干人，全都死了。

第三章

參加調查
探索疑點

估計在道格工程師等人遇難後 **一分鐘🕐**，警衛人員——值班隊長和三名警衛員，便到了現場。兩名久經訓練的警衛人員，一看到現場的情形，就昏了過去。即使是 **警衛隊長👮**，事後也要服食藥物來穩定情緒。

警衛隊長當時作出了一個決定：立即 **封鎖** 現場，不讓任何人進入。

　　而清理慘案現場的工作，就出他們四人進行，也就是說，除了他們 **四個人**  之外，只有蔡根富看到過現場的情形。警衛隊長的這個決定，經過礦務局、內政部和警察總監的批准，因為現場情形實在太恐怖了，任何人看了，將會畢生留下嚴重的 **心理陰影**。既然他們四個人已經不幸看到了現場的情形，就由他們四個人負責到底。

　　在案子發生後的一個星期，三個警衛員先後被送入精神病中心治療，後來連隊長也不能幸免。

　　案件開審之際，法庭接納了 **醫生**  的意見，批准警衛隊長和那三名隊員不出庭的要求。法庭並且宣布，蔡根富殺人 **證據確鑿** ，而且他不作自辯，所以罪名毫無疑問成立。

　　整件慘案的經過，神秘莫測、疑點重重，本來只要問蔡根富就可以 **水落石出** ，可是他偏偏不開口，一個字也不說，案發之後，他沒有說過一句話！

　　這件案子轟動全國，蔡根富被定罪判處死刑後，忽然寫了一封 **短信** ，交給監獄官員。信是用中文寫

的，經過專家翻譯，信上的內容是聲稱自己沒有罪。這封信按照程序，由司法部寄給了他 **唯一的親人**——他的叔叔。

蔡根富突然自稱清白，使整件案子更添神秘色彩，而內政部一直勸喻所有報章，不要過分渲染其事，亦令大眾難以看清事實的 **真相**。

以上就是該篇報道的大致內容，真是一篇極好的專題報道，執筆人是一名 **法國籍的記者**，名字叫比拉爾。

　　看完這篇報道之後，我的第一個印象就是：在礦坑中，一定有一些**不尋常的事**發生過，我非到那個國家去弄清楚不可！

　　等到我辦好手續，準備上飛機的時候，又已過了兩天。在這兩天裏，老蔡不斷提醒着我：「還有十九天了」、「只有十八天了」。我只好安慰他說：「不論情形多麼壞，我一到，就找**最好的律師**，申請將刑期延遲，一定沒有問題的。」

要到那個國家去，需要在南非約翰內斯堡 **轉機** 。經過了若干小時的飛行，飛機在目的地上空盤旋之際，我發現下面的城市，並不如想像中那麼落後。

從上空看下去，有不少 **現代化的高樓**，也有寬闊的馬路。而當飛機降落之後，更發現跑道寬直，機場設備良好。

我才下機，就有一個工作人員向我走來，説：「衛斯理先生？請跟我來，奧干古達先生在貴賓室等你。」

我跟着他來到了 **貴賓室** ，看到一個服飾極其整齊，身形比我還高半個頭，三十歲左右，精神奕奕、膚色黝黑的非洲男子。對方一見到我，就急步走了過來，雙手用力握住我的手説：「太好了！衛斯理先生，我是……**奧干古達** 。」他流利地説着自己的全名，可是我只記得奧干古達這部分。

我也連連搖着奧干古達的手，

回應道：「想不到你這麼年輕，

風度翩翩 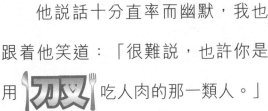。」

奧干古達呵呵地笑着説：「你以

為會碰到一個鼻子上穿着金圈子，圍着

獸皮裙，拿着獸骨矛的土人？」

他説話十分直率而幽默，我也

跟着他笑道：「很難説，也許你是

用 **刀叉** 吃人肉的那一類人。」

奧干古達聽到我這樣説，立時

後退一步，上下打量着我，「我還

沒有吃過中國人，我想着你哪一個

部位的肉最嫩！」

我們一起笑着，見面幾乎不到三分鐘，就熟絡得和**老朋友**一樣。

奧干古達帶着我離開了機場，來到車前，穿着制服的司機已為我們**開門**🚙，奧干古達對我說：「我希望先帶你去見一個人，他對於整件事情，花了幾個月的時間來研究，而且還在進行中。我接到了你的電話之後，已經從國際警方那裏獲得你的資料。這位朋友聽到你要來，也極其高興，他認為你來了，對解開整件事情的**疑點**，大有幫助！」

我耐着性子等他講完，才說：「我前來的**目的**，是要見蔡根富，我一定要先見到他！」

奧干古達顯然在避開我這個話題，做出邀請的手勢說：「請上車！」

　　我看出他有所 **隱瞞** ，於是不上車，按住了他的手，直率地質問：「等一等，是不是你們國家的法律，不讓人與已定罪的 **犯人** 見面？如果是這樣，為什麼又批准我來？」

　　「別衝動！」奧干古達將聲音壓低，現出十分苦澀的神情來，「**蔡根富不見了。**」

　　我登時整個人跳了起來，大聲叫道：「什麼？蔡根富不見了？」

　　我的大叫聲引得好幾個人向我們望來，奧干古達有點手忙腳亂，現出哀求的神色低聲説：「求求你別那麼大聲

好不好？這件事我們還保持着高度的機密，要是宣揚了出去，全國的記者都要湧到我的辦公室來了！」

我吸了一口氣，「你説蔡根富不見了，是什麼意思？難道他還能從警衛森嚴的 **監獄** 之中逃出來？」

奧干古達雙手互握着，一臉懇求的神色，「上車再説，好不好？」

我只好不情願地上了車，奧干古達 **如釋重負** 地鬆了一口氣，也上了車，坐在我的身邊。

他一上車，就向司機吩咐了一句話，講的是當地的土語。我在來之前，曾對這個國家的土語，臨時惡補了一下，當然不能精通，但是 **簡單的詞句**，還是聽得懂的。我聽出他吩咐司機：「到我家去！」

我立時盯着他問：「為什麼到你家去？我以為是到你的 **辦公室**。」

　　奧干古達一聽到我這樣問他，雙眼睜得極大，顯然是沒想過我會聽得懂他講的土話。他望了我許久，才拜服道：「國際警方對你的介紹，只怕還不及你真正本領的十分之一！」

　　我冷笑道：「少對我送高帽子了！為什麼要到你家去？」

　　奧干古達解釋：「蔡根富這件案子，表面上已經結束，法庭也判了罪。但是，有幾個人，包括我在內，認為整件事太過不可思議，實在有繼續研究的必要。

經過總統親自批准，我們成立了一個小組，而反正我是**單身漢**，也有寬敞的住所，所以這個小組就在我家中工作。」

「小組的成員是——」我隨即問。

奧干古達笑了笑，「我不想小組有太多人，目前總共只有兩個人，一個是我，還有一個，就是我想你去見的記者——**比拉爾先生**！」

我「啊」地一聲叫了出來：「是他？」

比拉爾就是寫那篇報道的記者，奧干古達要我去見他，我當然不反對。奧干古達又繼續說：「我希望從現在起，這個小組成員，變成**三個人**！」

我立時點頭，「當然，這是毫無疑問的事，我就是為了這個而來。但是，我首先要知道，蔡根富到底是怎麼『**不見**』的？」

奧干古達苦笑了一下：「前天，蔡根富在獄中意圖自殺，用拗斷的 飯匙 刺破了自己的咽喉——」

我大吃一驚，蔡根富如果自殺，事情就麻煩了，我要怎麼向老蔡交代才好？

奧干古達繼續説：「守衛發現後，立即帶他到醫療室去治療。醫療室的守衛鬆懈了，一個不留神，就讓蔡根富跳窗逃走了！」

第四章

殺人兇器

　　我知道了蔡根富 **逃獄** 的事情後，不禁緊張起來，「在監獄裏，他已經企圖自殺，那麼……他逃走的目的，會不會也是為了去尋死？」

　　奧干古達嘆了一聲，「在監獄以外，要自殺實在太容易了。」

　　聽了他的話，我的心 **涼了半截** ，半晌說不出話來。然後他又安慰我：「別悲觀，至少到現在為止，我們還未發現他的 **屍體** 。」

　　我苦笑道：「蔡根富要是死在什麼 **荒山野嶺** 之中，屍體可能永遠不被發現。」

　　我的話剛說完，奧干古達突然接到一個電話，他聽了幾句，神情變得又緊張又興奮，着急道：「快調動人手，**包圍** 那個區域，隨時向我報告！」

　　他掛線後，望向我，「一家超級巿場，發現被人偷走了一批食物，職員說偷食物的是一個中國人，可能就是蔡根富！」

我瞪大眼睛，「蔡根富偷了一批 **食物**？他準備幹什麼？」

奧干古達搖着頭，「總之，我們正在盡一切可能找到他！」

沒多久，車子駛進了一個相當幽靜的高尚住宅區，道路旁全是式樣新穎的 **花園洋房**。車子在一棟大花園洋房門前停下，鐵門自動打開，駛進去後，我們匆匆下了車，進入大屋。

才一進 **客廳**，我就嚇了一大跳，因為客廳中堆滿了各種各樣的雜物，其中最多的是書籍和紙張，還有許多莫名其妙的東西，諸如各種工具，例如一個極龐大的煤礦坑道模型，和一部我叫不出名堂來的大型機器，連着一根相當長的 **金屬管子**，形狀如同消防員用的水喉。

　　我進來的時候，看到一個人正伏在地上，全神貫注地研究着那個坑道模型。這個人的外形，和凌亂的客廳十分配合，赤足赤膊，穿了一條**短褲**，頭髮披肩，滿面鬍子，是一個白種人。

　　那人一看到我們，就直跳了起來，走到我面前問：

「你就是衛斯理？」

「是的，我就是衛斯理。」

那人用手理了理頭髮，伸出手來，「**比拉爾！**」

我早料到他就是比拉爾，用力握着他的手，奧干古達在一邊説：「這裏的一切，全是我們小組工作所需的工具和資料。」

我隨即問比拉爾：「我讀過你的報道，精彩得很，自那篇報道之後，可有什麼 **新的發現**？」

比拉爾搖着頭，我又問：「你和高級官員的關係那麼好，工作小組又是總統親自批准的，你至少能見見那位到過現場的警衛隊長吧？」

我這句話一出口，大家都靜了下來，等了片刻，比拉爾才向我作了一個手勢説：「**過來！**」

我跟着他，走到那台不知道是什麼機械的裝置旁邊，他也不怕機器上的油污和煤屑，將 **手** 按在上面説：

「以你的想像，一個死了二十多人的現場，應該是怎麼樣的？」

我攤了攤手，「我根本無法想像，我不認為一個人可以在剎那之間，殺死二十多個比他強壯的人，除非他有一把**機關槍**在手！」

比拉爾欲言又止，這時奧丁古達也走了過來，比拉爾才指了指那台機器說：「這就是蔡根富的機關槍。」

他的話大大出乎我的意料，我失聲道：「這是……」

「這是煤礦中使用的**水力採煤機**。」比拉爾說。

我不禁「啊」的一聲叫了起來，心中也隱隱約約對有了一定的概念。

比拉爾拿起了那個鋼製的喉管來，喉管的直徑大約是兩吋，他講解道：「從這個喉管中射出來的水柱，時速九十公里，**衝力**達到每平方厘米八百公斤！」

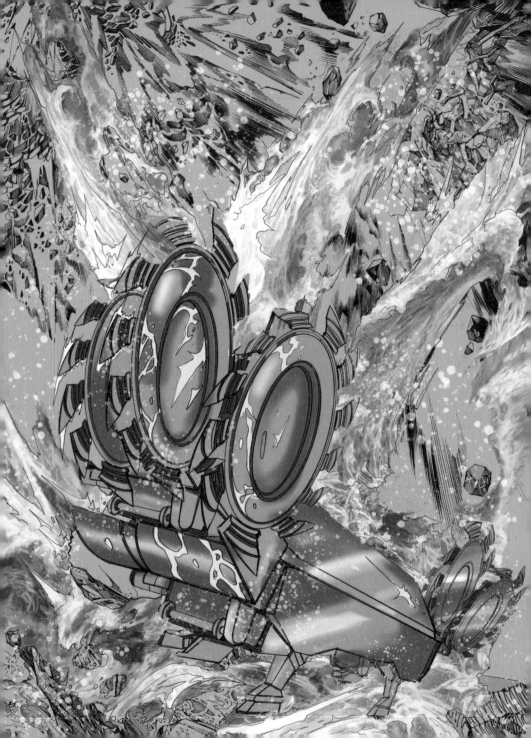

比拉爾一面説，我一面傻瓜也似地點頭，同時不由自主地發抖，渾身起着 **雞皮疙瘩** 。

他繼續説：「每平方厘米八百公斤的衝力，足以將煤層切開，採下億萬年前因為重壓所積聚而成的煤塊。如果用這種 **水柱** 射向活生生的人——」

我突然起了一陣想嘔吐的感覺，連忙作了一個手勢，不讓比拉爾再説下去，「別説了，我明白了！」

比拉爾也不由自主吞了一口口水，奧干古達黑得發亮的臉上也現出一陣異樣的蒼白，顯然大家都想到了那種 **水柱** 衝擊人類血肉之軀所造成的後果。

如果蔡根富用的是這樣的武器，那難怪十四個強壯的黑人煤礦工人，會 **毫無抵抗** 的餘地。

礦坑中那種血肉橫飛的情景，雖然我未曾親眼目睹，但只要略想一想，也足以令我 **雙腿發軟** 。我絕對同

情和尊敬那位警衛隊長和三位警衛員，他們肩負起清理現場的責任，還得了 **後遺症**。

當我坐下來之後，比拉爾也離開了那台水力採煤機，並且用一幅布遮蓋着它。

「蔡根富用水力採煤機作 **兇器**，這個假設，我在那篇報道中並沒有寫出來，因為……這實在太駭人聽聞了！而且，同樣的水力採煤機，在維奇奇煤礦中有好幾百台，如果一公布出去，難保沒有其他人一時衝動——」比拉爾作了一個手勢，我明白他的意思，新聞工作者都知道，這種新聞有 **傳染效應**。

我點頭表示明白，奧干古達接着説：「我和比拉爾曾經和 **目睹** 現場的四個人交談過。」

比拉爾説：「他們之中的兩個，受刺激極深，無論如何也 **不願意** 再提起這件事來。而警衛隊長和另一

人，大致描述了當時的情形，其實，不用他們説，誰都能想像到現場那可怖的情景來。」

我又感到了 **一股寒意** ，也便點了點頭，表示同意。

「而事後，蔡根富幾乎一句話也沒有説過。」比拉爾慨嘆道。

我的思緒十分混亂，要弄清楚整件事的 **真相** ，最直截了當的辦法，自然是和蔡根富交談，可是蔡根富卻 **不知所終** 了！

既然無法用最直接的方法，那就只好用間接的，例如去蔡根富的住所，看看有什麼 **線索** 。

這時候，奧干古達可能看到我一臉困惑和迷惘，便安慰道：「別急，你應該先 **休息** 一下，你的房間在二樓，我已經替你準備好了。」

　　但我搖着頭，「我不需要休息，我想 **立刻** 到蔡根富的住所去看看。」

　　而比拉爾竟然立即對我說：「那太容易了，蔡根富的住所，就在二樓，**在我和你的房間之間**！」

　　我頓時呆住了。

第五章

一塊像眼睛的煤精

比拉爾説蔡根富的住所就在這裏二樓，不論我的腦筋多麼，一時之間也無法明白他的意思。

他看到我的錯愕神情，笑了起來，解釋道：「我們知道蔡根富的住所十分重要，

必須詳加研究，所以將他在煤礦職工宿舍中的一切，全搬到這裏來，以便隨時研究。」

我訝異地瞪着他，「難道你們不知道，這樣做可能會丟失一些**重要線索**麼？為什麼一定要搬？」

奧干古達的語氣很無奈：「如果不將蔡根富的東西搬走，維奇奇煤礦的一千多個職工，就再在宿舍中住下去，這就是主要的原因。」

我明白了他們的**苦衷**後，也不爭論下去，「好吧，我們上去看看再説！」

比拉爾二步併作兩步，向二樓走去，我跟在他的後面，到了

二樓，比拉爾在其中一扇房門前停了下來，推開門，作了一個手勢，請我進去。

我才跨進房門一步，就呆住了。這房間本來很大，但已經重新間隔成一個面積大約十二平方米的房間，附帶簡單的浴室和小廚房。

這當然是依照 **職工宿舍** 的規格來建造的，可知比拉爾和奧干古達真的花了不少心思。

我首先看到的，是牆上所貼的兩幅年畫，年畫已相當殘舊了，一幅是胖娃娃抱着一條大鯉魚，一幅是財神。

房間有一張牀，牀上的被子摺得很整齊，離牀頭不遠處是一

張 **書桌** ，書桌旁有書

架。書架上的書不多，幾乎全是自

修法文和有關採煤技術的書。

書桌上都是一些雜七雜八的 **文具** ，還有一張蔡

根富年輕時和老蔡拍的合照。

而另一邊牆上，是一個衣櫥，打開後，只見內裏有幾

件普通的 **衣服** ，並無特別之處。

我又走回去拉開書桌抽屜，**抽屜** 中也沒有什麼特

別的東西，只是在書桌左首的那個小櫃中，放着一塊相當

大的煤精。

　　煤精，是煤礦中的一種副產品，以無煙煤礦中較多，那是一種 **棕紅色** 的透明體，相當美麗，形狀不規則。

　　在煤礦工人的住所中，有一兩塊煤精作擺設，是極其尋常的事，因為他們在採煤的過程中時有發現。雖然一般來說，煤礦當局都要求工人將煤精 **上繳** ，但如果工人留下一些自己玩賞，煤礦當局也不會責怪。

　　所以當我看到那塊 **煤精** 時，並無多加注意，反倒是比拉爾在我身後說：「你看看這塊煤精，它的形狀很特別！」

　　我於是將煤精取了出來，那是相當大的一塊煤精，約有二十厘米長，呈 **長卵形** ，而在它的中間，有着一塊煤塊，那煤塊呈相當圓的圓形，恰好在正中。

　　煤精本來就是和煤一起形成的物質，混有煤塊也不是什麼稀奇的事。

　　我將這塊煤精捧在手裏，看了片刻，向比拉爾望了一眼，「我看不出這塊煤精有什麼特別的地方。」

　　「你將它放在桌面上，離開幾步看看！」

　　我不知道比拉爾這樣說是什麼意思，只管照做，後退了幾步，看看那塊煤精，比拉爾特意提醒我：

　　「**你看它像什麼？**」

一經他提醒，我不禁「啊」地叫了一聲。那塊煤精呈長卵形，兩頭略尖，而正中間又有圓形的黑色煤塊，看起來，活像是一隻眼睛！

「**它像一隻眼睛！◉**」我指着那塊煤精說：「但不論它像什麼，也只不過是一塊煤精而已，你們對它有什麼懷疑？」

「不是對這塊煤精有什麼懷疑，而是對蔡根富的行為感到**奇怪**。」奧干古達說。

我很疑惑，「一個礦工，留下了一塊形狀古怪的煤精，也是很普通的事。」

奧干古達補充道：「問題在於蔡根富平時最憎恨工人做這種行為，他曾經很多次向**保安科**👮報告過工人私藏煤精的事件。」

　　我不禁「哦」了一聲，這樣看來，多少有點不尋常了，蔡根富是一個 **忠厚的老實人** ，一定認為工人不應該私藏煤精，所以才經常舉報，可是為什麼自己又偷偷藏起了一塊呢？是不是這塊煤精有什麼特別的地方？

　　比拉爾提醒我：「你再仔細看看，可以看到這塊煤精，曾被人鑽過一個小孔！」

我又拿起了那塊煤精來，仔細地看，上面果然有一個

小孔，直穿過中心的煤塊。

「這也是蔡根富做的？」我問。

比拉爾說：「不能證實，我們在他的住所沒有發現相

關工具，但他是一個管工，要弄到或借到一些工具，可謂

輕而易舉。」

即使是這樣，也不足以令我們作任何推論，我只好

「嗯」地一聲，將那塊煤精放回桌子上，然後又花了一個

小時左右，**檢查**蔡根富房間中其他的東西，卻沒發現

任何值得注意的地方，也找不到什麼

日記之類的物品。

就在這時候，我**突然**

想起了一件事來：「道格工程師

的住所呢？」

比拉爾說：「道格工程師所住的，是高級工程人員宿舍，而我們也曾經作過詳細的檢查。」

「有什麼發現？譬如說他有沒有寫日記的習慣？」

比拉爾搖頭道：「我的想法和你一樣，因為**道格工程師**一聽到蔡根富找他時，立即和其他人說了一堆話，然後大家就哈哈地笑起來。雖然不知道他講的內容是什麼，卻似乎和蔡根富有關，而且蔡根富當時為什麼堅持要找道格？兩人之間一定有什麼連繫，但很可惜，我們找不到任何**日記**之類的記載。」

奧干古達補充道：「道格工程師專門**蒐集**夾有雜質的煤精，在他居住的高級工程人員宿舍中，這樣的煤精有上千塊之多。」

我 **立時** 説：「這裏看得差不多了，我們到道格工程師的住所去！」

「你不用休息一下，或吃點東西？」奧干古達問。

我搖頭道：「去了再説。」

「我還有許多事情要處理，不能奉陪了，你可以和比拉爾一起去，他興趣 **不亞於你** 。」奧干古達説。

我們三人一起下了樓，這時我才注意到屋裏還有一個僕人，是身形高大的黑人，正用 **銀盤子** 捧着咖啡和點心來。我們三人胡亂吃了些，奧干古達便坐着他的大房車離去，而我則上了比拉爾的車，前往道格工程師的住所。

道格的住所是一棟十分精緻的 **小洋房** ，車子到達後，馬上有兩名警察走過來，向比拉爾行敬禮，又以十分疑惑的眼光看着我。

比拉爾對他們說：「這位是 **衛先生**，以後他無論什麼時候要來，你們都應該幫助他。」

兩個警察一聽，馬上也向我 **敬禮**，然後比拉爾帶着我進入了屋子。

屋內客廳的佈置十分奇特，有四座大櫃，陳列着大大小小各種形狀的 **煤精**，為數真不下千塊之多。

這些煤精，正如奧干古達所說，全是含有「雜質」的。所謂「雜質」，真是 **包羅萬有**，有的是石頭，有的是煤塊，甚至有一些是完整或不完整的昆蟲，不知是多少億年前的生物，被奇妙地保存下來。

我一面看，一面對比拉爾說：「蔡根富和道格工程師的感情相當好？」

「是的，道格工程師為人隨和 **熱心**，一直在教蔡根富法語。」

「那麼，蔡根富住所中的那塊煤精，可能是道格送給他的，也有可能是他準備送給道格。」

「都有可能。」比拉爾説：「不過，煤精中夾有煤塊，**只是最普通的一種**。」

我點頭道：「對。可是它的樣子不普通，很像眼睛。」

比拉爾在這時候，突然震動了一下，向我望了一眼；而同時間，我也想到了一件事！

我們兩人異口同聲説了出來：

眼睛！

　　眼睛，本來是極普通的詞語，可是這時我們想到的，卻是事發當天，道格工程師對另外幾個工程師和礦務局官員所講的話，唯一被在場工人聽懂的，除了「蔡根富」的名字，就是「眼睛」這個詞！

第六章

深入地底 猶如 進入地獄

道格工程師當時為什麼提到「**眼睛**👀」？是不是和那塊像眼睛的煤精有關？而他的話，又為什麼會引起其餘的人哈哈大笑呢？

我和比拉爾互望了很久，但都沒有 **答案**💡。

比拉爾又帶着我，去看道格工程師住所的其他地方，我最感興趣的是書房。原來道格不但是一個礦務

工程師，還是一門十分冷僻科學的專家，對古生物中的 爬蟲類、昆蟲等有着深厚的研究。

在他的書房中，有很多這一類的書籍雜誌，而且他自己也在這些雜誌上發表了不少著作。

我猜想，他的職業是礦務工程師，在地底下常會發現生物化石，他對古生物的興趣，一定是由此培養出來。剛才在客廳，我就看到一些煤精之中，有着生物的整體或殘體。那些生物，至少也是幾百萬年以前的了！

「他有沒有留下日記或什麼文字？」我問比拉爾。

「沒有。」比拉爾的語氣十分肯定，「不過，這裏有許多關於古生物的**雜誌**，其中有一篇文章，他似乎特別感興趣，還針對那篇文章提出了許多疑問和評論。」

「哪一篇？」我連忙問。

比拉爾從那堆舊雜誌中，撿出了好幾本，把其中一本遞給我，「你先看這本，裏面有一位中國水利工程師寫的短文。」

我接過那雜誌，翻開來，找到了那篇短文。

那篇短文相當短，作者是一位中國水利工程師，説他在參加一項**水利工程**時，發現了一件怪事。

那項工程叫「雙溝引河工程」，是中國修治淮河工程中的一項小工程，而這篇短文的標題是「**在中國雙溝引河工程發現了活的古生物？**」

　　我相信標題中的問號是編輯加上去的，表示他也不完全相信這位作者所說的事。

　　而這位作者所說的事也很簡單，他說，在挖掘那道河的過程中，竟發現了一條 **活的鱔魚**！

　　作者對當地的土質形容得很詳細，並且有土壤成分的科學分析，連帶也說明了在 **挖掘過程** 中發現的其餘化石，包括巨大的獸類骨骼化石等等，也詳細形容了這條鱔魚的形狀和顏色，根據形容來看，那實在是一條極其普遍的中國黃鱔。

　　這條黃鱔被掘出來的時候，是 **蜷縮** 在大約一個保齡球大小的空間之中。當地的土質十分硬，可是這鱔魚所居住的空間，土壁略見潤濕，而且這條鱔魚活得相當好，毫無疑問是 **一條活魚**。根據當地的土質和化石分析而論，這條鱔魚被埋在地底至少超過一百萬年了！

這條鱔魚，真是一百萬年或更久以前的古生物？在完全沒有 食物 和空氣的情形下，牠是如何生存下來的？文章留下了這樣的疑問。

我看完後，比拉爾又給我另外幾本雜誌，「你再看之後的幾本，許多 學者 投稿回應那篇文章，其中不乏國際知名的古生物學家，討論得十分激烈。而道格工程師也發表了文章，他羅列出許多科學理據，認為鱔魚的事完全是個 無中生有 的笑話，是惡作劇。」

我翻閱了一下那幾本雜誌，果然看到道格的不少文章，全針對着那位中國水利工程師的短文作評論，言詞鋒利，且 有理有據 。

「看來道格工程師確實是這方面的專家。」我猜想道：「蔡根富會不會曾經向道格工程師提出過什麼事情，而道格以其專業的知識認為荒謬，所以拿來作笑話？」

「有這個可能。」比拉爾點頭道：「我們曾問過蔡根富，**如果他肯說**，所有疑問早就解開了，但他一句話也不肯說。而我想，只能在一四四小組的工作礦坑中找答案，所以我——」

「你去過？」我立即問。

比拉爾苦笑着，「不然你以為我的**鬍子**是怎麼來的？我在那坑道中，足足住了一個月，從那時起我開

始留鬍子，而且發誓，如果查不出真相，我就不剃鬍子，一直留下去！」

我對他那種 **鍥而不捨** 的精神肅然起敬，他又繼續說：「自從慘案發生後，一四四小組的礦坑就被封閉了。現場清理過後，我獲得批准，在那裏達一個月之久，卻什麼也沒有發現！」

我苦笑了一下，「我也要去那礦坑一下，或許有什麼是你忽略了的。」

比拉爾只是聳聳肩，沒有說什麼。

我和他離開了道格工程師的 **住所**，回到奧干古達的家，那時大家都疲倦了，決定明天才到煤礦去看看。

第二天，我們三人坐着奧干古達的 **座駕**，向煤礦進發，一路上全是載着煤礦工人去換班的車子。

我們進入了煤礦的範圍。眼前是一座至少有十幾個山頭的大山，整個 維奇奇山 的下面，全是豐富的、品質極其優良的無煙煤。

奧干古達的車子停在一個礦坑入口處。我們從一個煤礦職員手中，接過了頭盔和 安全電筒 ，由他陪着我們，進入升降機。

當升降機落到一百五十米以下時，從升降機中看出去，可以看到像是 蜘蛛網 一樣，向四面散佈開去的坑道，每一個坑道都通向一個礦坑，運煤的斗車在坑道中 隆隆作響 。

升降機繼續落下，到了三百三十米處才停下來。

比拉爾說：「我們到了！但必須向下 步行 四十米，才可以到達那礦坑！」

升降機的門打開，眼前是一條斜向下的 **坑道** ，奧干古達拍着那職員的肩説：「我不是第一次來，認得路，你可以上去，不必陪我們了。」

那職員猶如死囚聽到了 **特赦令** 一樣，連聲道謝，立時乘升降機回到地面去。

奧干古達向我做了一個怪表情，「你看到了嗎？煤礦中的工作人員，一提起一四四小組的礦坑，就像是提到了 **地獄** 一樣！」

我沒有出聲，由比拉爾帶頭，一起走下斜道，走了一百米左右，坑道便轉了彎，再向前去，又過了大約一百米，面前出現 **三條岔道** 。

奧干古達指着右面和中間的一條，説：「這兩條坑道，本來準備向前伸延，開闢新的礦坑，但因為慘案發生，工程停止了！」

我向那兩條坑道看了一眼，兩條坑道大約都只向前伸延了二十米左右，便是盡頭。

比拉爾帶着我們，向左首的那條坑道走去。我知道快要到達 **慘案現場** 了，所以心中不免有點緊張。又向前走了一百米左右，我看到了一個礦坑。

這個礦坑就像一個四周上下全是烏黑晶亮煤塊的山洞，約有四米高，橫、直各十米左右。礦坑裏有三台水力採煤機，以及一些凌亂的雜物，看起來只是一個普通的煤礦礦坑，絕看不出這裏曾經發生 **駭人聽聞** 的慘劇。

然而，我們才一進礦坑，比拉爾的神態就顯得十分訝異，指着前面，口唇顫動着，一句話也說不出來。

奧干古達循他所指向前看去，神色也忽然大變。

我知道一定有什麼 **不對頭** 了，連忙問什麼事，比拉爾才喘着氣說：「在我離去之後，有人在這裏採過煤！」

第七章

神秘通道

比拉爾走到礦坑的盡頭，手仍 **指** 着前面。這時我才留意到，在他所指處，有一個大約一米高的洞，那個洞看來相當深。

我們三人一起用電筒向洞內照去，發現洞愈向前愈是窄，看來開這個洞的人，目的並非採煤，而是想開一條通道，僅僅可以供一個人 **彎身擠過去** 就算了。

比拉爾搖着頭，好像不相信自己的眼睛，「我曾在這裏住了一個月，**閉着眼睛** 也可以指出什麼地方凸出來、凹進去！」

奧干古達也喃喃道：「開始時有 **軍隊**  守衛，後來守衛撤退，但我不相信有什麼人會有那麼大的膽子，進這個礦坑來。」

比拉爾皺着眉，「可是礦坑不會自己出現這樣一個洞。」

我加入討論：「與其説一個洞，不如説這是一條通道。而且，要在煤礦中 **開挖** 出這樣深的一條通道，也不是容易的事。」

比拉爾説：「這裏還有三台 **水力採煤機**，懂得使用它們的人，就可以輕而易舉地做到！」

這時奧干古達叫了起來：「你們兩人想説明什麼？」

我和比拉爾互望了一眼，齊聲道：「**蔡根富！**」

「蔡根富？」奧干古達心頭一震，「你們的意思是，蔡根富 **逃 走** 之後，又回到這裏來，還挖開了這樣一條通道？」

我反問他：「你不是曾接到過報告，説有一個貌似蔡根富的人，在一家 **超級市場** 偷走了大量的食物？」

就在他們發呆之際，我已經踏前兩步，對着洞口大叫：「根富，我是衛斯理，是你四叔叫我來的！現在我進來看你，你不要害怕，**我一定盡力幫助你！**」

我叫了兩遍，用的全是中文，聲音顯然都傳進洞裏去了，如果洞中有人的話，一定可以聽得到。

　　我叫完之後，等了片刻，希望洞中會有回答，可是洞內卻 **一點聲音也沒有**。

　　我和比拉爾一同望向奧干古達，奧干古達明白我們的意思，連忙搖着頭，説，「不行，我要對你們兩人的安全負責，裏面可能有殺人犯，要進去的話，也該召 **武裝人員** 進去。」

　　比拉爾和我只好妥協，採用奧干古達的辦法。

奧干古達利用礦坑裏的 **專用電話** 🕾 ，通知警衛室派人來。

我和比拉爾則用電筒四處照着，看看還有什麼異常的地方。

「看！」比拉爾突然叫了一聲，原來他發現了一個木箱，木箱中有一些 **工具** 🔧 ，也有點雜物，他從木箱中拿起了一罐汽水，激動地說：「這是之前沒有的，蔡根富一定到過這裏！」

奧干古達質疑道：「調查發現他不喜歡喝汽水。」

比拉爾 **瞪着眼** 👁👁 ，指着那通道，「正是他不喜歡喝汽水，如果他愛喝，一定帶進去了！我想，他隨意偷了一些食物，來到這裏之後，發現其中有一罐汽水，他不想喝，就順手拋進 **工具箱** 🧰 算了。你看看，是不是這家超級市場？」

　　比拉爾將汽水罐上的 **價格標誌** 展示給奧干古達看，奧干古達一看便大力點頭，「正是這家被偷！」

　　等了沒多久，腳步聲傳來，一個武裝軍事人員，提着一大袋東西，走了進來。這個黑人年紀極輕，我猜不超過二十歲。從他的制服來看，是一名低級士官，他一進來，就向奧干古達行敬禮道：「**中士哈率苟** 報到，準備進行任何任務！」

　　「我所吩咐的裝備全帶來了？」奧干古達問。

「**全帶來了！**」中士一面說，一面放下了肩上的自動步槍，打開了袋子，裏面有一件防彈背心、頭盔、防毒面具、氧氣罐、無線電通訊器和強力電筒。

奧干古達似是怕我們笑他 **小題大做**，特意解釋：「別忘了對方是殺掉二十三個人的逃犯！」

他的神情十分嚴肅，又提醒那年輕黑人：「中士，我要你執行一項任務，這項任務可能極度危險。你要走進這條通道，弄清楚通道通向何處，裏面有些什麼，即時用 **無線電通訊器** 向我報告！如果遇到了什麼危險，立刻退出來，明白麼？」

中士行了一個敬禮：「**完全明白！**」

奧干古達便下令：「那麼，佩戴起裝備，開始行動！」

中士大聲答應着，熟練而快捷地佩戴起所有裝備，就向那個洞口走去，彎着身，鑽進了通道。

　　一開始，我們在洞外還可以看到中士那強力電筒的**光芒**，但大約過了三十米後，通道顯然轉了彎，電筒的光芒也漸漸看不見了。

　　之後，中士就開始和奧干古達以無線電通訊器聯絡。中士不斷在報告：「通道愈來愈窄，我用爬行的方式前進，四周圍全是煤……通道又轉了一個彎，**狹窄**到我在前進時，背部也頂到了上面的煤層。」

　　奧干古達問：「你看到盡頭沒有？」

中士説：「看不到，前面好像還有一個**轉折**，我已經經過了三個轉折，通道在第二個轉折開始，就斜向下，但斜度並不大──」

聽到這裏，比拉爾疑惑道：「整個維奇奇煤礦，最深的礦坑就是這裏，通道如果**向下**，不可能通到別的礦坑去！」

奧干古達連忙提醒：「中士，戴上你的氧氣裝備！」

中士的聲音聽來很清晰：「**氧氣**可以維持一小時以上，我在繼續前進──」

奧干古達問：「你可有計算，你大約已經深入了多少米？」

「有，大約三百米！」

我和比拉爾立時互望了一眼，三百米！看來我們事先的假定，應該要推翻。就算蔡根富是一個技術十分熟練的採礦工人，二百米的通道也決不是他**一人之力**可以這麼快弄出來的，何況這條通道還未到盡頭！

一想到這裏，我突然之間有一種十分恐懼的感覺，立即向奧干古達說：「**叫中士退回來吧！**這條通道十分怪異——」

奧干古達顯然也有同感，當我講到一半的時候，他已點着頭，舉起對講機，正要向中士下撤退命令，可就在這時，對講機中突然傳來一下**驚恐至極**的叫聲，接着便是一連串的槍聲。

這一切來得如此突然，奧干古達、比拉爾和我都被這 **突如其來** 的變化嚇呆了，過了兩三秒鐘後，奧干古達才大聲喊叫：「中士，發生了什麼事？發生了什麼事？中士，**快報告！**」

可是，自從那一下驚叫聲和一陣槍聲之後，對講機中就再沒有別的聲音傳出來，奧干古達不斷向對講機喊話，卻得不到回答。

　　我感到一股極度的寒意流遍全身，同時又有一股衝動，要衝進通道裏弄清楚情況並救人。我 **二話不說**，就彎身鑽進那個洞去。我知道奧干古達和比拉爾一定來不及反應，過了兩三秒才聽到他們在我身後發出驚呼聲。

　　我半俯着身，盡可能快速地向前移動着，前進了約三十米，通道 **轉了彎**，變得十分狹窄，要 **伏下來** 向前爬行。

　　而當我才一伏下來之際，我的一雙足踝突然被人牢牢抓住，同時在背後傳來了奧干古達和比拉爾大叫的聲音：

「**回來！衛斯理，快回來！**」

第八章

奇怪的凹槽

　　我聽到在我身後，傳來了奧干古達的聲音：「衛斯理，你用什麼去幫他？他有那麼好的裝備，也出了事，**你憑什麼去幫他？**」

　　通道狹窄，我無法轉過頭去說話，只是用力掙扎着，可是他們兩人不但抓住了我的足踝，還用力向後拉着。

　　我連忙用雙臂撐住了煤層，喘着氣說：「就算幫不了他，我也得去看看究竟發生了什麼事。」

「**我不准你去！**」奧干古達説：「我不想聽到你的慘叫聲，然後又完全沒有了聲響，如今事情已經夠麻煩的了！」

他們兩人又用力向後扯着，將我直扯退了一兩米，在那樣狹窄的通道中，我有力也使不出來，終於被他們**一步一步**地扯回到洞口外。

奧干古達大口喘着氣：「衛斯理⋯⋯你理智一點⋯⋯進去也沒用！」

我也喘着氣：「總不能⋯⋯不理中士！」

奧干古達望着我，「我對你十分失望，你處理事情太衝動，不計後果！」

他**一針見血**地道出了我的缺點，我啞口無言了好一會，才再開口説：「你説得對，我們可以另外想辦法！」

　　我的腦筋轉得相當快，已經立即想到了一個辦法：

「我們可以利用裝上攝像頭的　**遙控車**　，深入通

道中，拍攝裏面的情形！」

　　比拉爾立時附和：「和我的想法一樣！」

　　奧干古達點頭認同，「這是好辦法。我們先回到地面

去，**冷靜地部署**。」

　　我們三人順着坑道回到升降機口，奧干古達拿起了升

降機口的電話，下了一連串 **命令** 。不一會，一名警衛

隊長首先下來，奧干古達聲音沉重地說：「中士在礦坑裏

遇到了意外，情況不明，我要 **封鎖🔒** 這裏，除了我們三人之外，任何人不能進內！」

警衛隊長大聲答應着，我們一起乘搭升降機回到地面去，幾個 **高級人員👮** 已經收到了消息，正神色慌張地等着，奧干古達第一句就問：「工程處的負責人呢？」

一個白種人立時踏前了一步，奧干古達吩咐：「我需要一部細小的遙控車子，能在 **凹凸不平** 的狹窄通道內拍攝，有沒有這樣的設備？」

那工程師説：「勘察部有，但可能要改裝一下。」

「要多久？」奧干古達問。

「兩小時內。」

「好，弄妥之後，送到一四四小組的礦坑來！」

那工程師答應着奧干古達的命令，轉身就上了一輛 **吉普車🚙** ，疾駛而去。

　　奧干古達和幾個煤礦高級人員走開了十來步，忙着交代一些行政上的安排。

　　我和比拉爾互望着，我說：「若不是你們扯住我，現在可能已經知道中士遇到什麼事了！」

　　比拉爾苦笑道：「或許你能知道，但再也沒辦法告訴我們。」

　　我嘆了一口氣。比拉爾則低着頭，踢着地上的一些小煤塊，喃喃地說：「那條突如其來的通道，絕不是蔡根富所能造成的，那麼……我們面對的對手，假定有對手的話，並非蔡根富……」

　　我聽到一半就點頭道：「我同意你的說法，蔡根富和中士一樣，可能都是被害者！」

　　比拉爾苦笑道：「那麼，敵人是什麼呢？」

　　他不說「敵人是誰」，而說「」，

表示他覺得敵人並不是 人類。我順口説：「十分難想像，煤礦之中，除了煤之外，還會有什麼？」

比拉爾望了我一眼，「記得那條鱔魚？」

我當然沒有忘記那條鱔魚，我説：「你的意思是，在一四四小組的礦坑中，挖掘出了什麼有生命的東西？而這東西在作怪，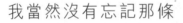掘出那條通道來？」

就在這時，奧干古達和礦方負責人的談話已經結束，

向我們走過來，説：「我們可以再回到礦坑去，等攝像裝置送來。」

我們於是又回到了礦坑之中，和離去時並沒有什麼不同，中士依然沒有出現。

由於比拉爾剛才提到 **鱔魚** 那件事，使我特別注視觀察煤層上的情形，還伸手四處摸着。

煤層大多數都 **粗糙不平** ，可是我的手忽然觸及一處十分光滑的地方，不禁一呆，立時向該處細看，只見那是一塊極光滑的凹槽，兩頭尖，中間大，呈欖形，有二十厘米長，十厘米深左右。

那時我的表情一定十分奇特，所以不等我出聲，比拉爾已在我身旁説：「這個痕迹，是煤精留下來的，這個位置本來嵌着一塊 **煤精** ，取下來後，就留下了這樣一個凹槽。」

　　我「哦」的一聲，
比拉爾的解釋十分清楚，
煤層之中有煤精，是極其
普通的事，我只不過是
少見多怪而已。

　　可是，當我抬起頭
時，心中又疑惑起來，因
為我看到在這個礦坑中，
同樣大小和形狀的凹槽有
十分之多，至少上百個，
散佈在礦坑各處。

　　比拉爾又解釋道：
「煤精是**樹脂**經過
千百萬年壓縮而成，樹脂

分佈在 森林 之中，附着於多脂林木上，所以煤精的發現，是一簇一簇的，這個礦坑一定曾掘出相當數量的煤精來。」

「但那些煤精呢？」我問。

比拉爾理所當然地説：「當然是 煤礦工人 自己收藏起來，或者是上繳去了。啊⋯⋯不對！」

比拉爾講到這裏的時候，我們三人似乎都察覺到不對勁的地方，面面相覷。

不對勁的地方在於，這些煤精留下的凹槽，仍在煤層的表面，也就是説，是在停止 開採 的那一天，發現了許多煤精的，因為只要繼續開採，凹槽就不復存在了！

而這個礦坑，在慘案發生後，就停止開採了，所以，這許多的煤精，是在 慘案 發生那天被發現的！

然而，那些煤精又到哪裏去了？

當我們都想到這一點時，比拉爾突然揚起手來，在自己的頭上重重打了一下，「**我真是豬！** 居然一直沒有想到這一點！」

我接着道：「這些凹槽的形狀大小幾乎一致，數量還這麼多，是不是有點奇怪？」

「一共有**一百零六個**，我早已數過了！」比拉爾説。

奧干古達想了一想，「事發當天煤礦的所有運作紀錄，**警方**都調查得很清楚，當中並沒有大批煤精被發現的紀錄。而警衛隊長和那三位警衛員也沒有提及過現場有許多煤精。那麼，這許多的煤精，如果是當天採出來的，**到哪裏去了？**」

比拉爾走到其中一個凹槽前，用手比着那個凹槽的大小，轉過身來説：「我知道至少其中一塊，在蔡根富的宿

舍之中！」

　　他這樣一說，我不禁「啊」的一聲叫了出來。對的，在蔡根富住所就有一塊這種形狀和大小的 **煤精**。而在那塊煤精之中，還有一塊圓形的煤塊，使它看起來像是一隻很大的 **眼睛**！

　　奧干古達顯然也見過那塊煤精，所以當我大叫出來之際，他卻揮了揮手，然後說：「不對，蔡根富在事發之後，根本沒有機會回家，怎麼會──」

　　他講到這裏，我忽然 **靈光一閃**，說：「我好像能把這些事情連貫起來，你們可要聽聽？」

第九章

奧干古達和比拉爾望着我，我於是把自己的 説出來：「蔡根富家中的那塊煤精，假定是事發前幾天發現的，而他可能留意到這塊煤精有什麼古怪之處，便向 **道格工程師** 請教，但道格不覺得有什麼特別。

「然後到了慘案發生的那天，蔡根富和他的採煤小組，又發現了一百零六個這樣的煤精，蔡根富看出它們有同樣的古怪之處，於是 **緊急呼喚**，要道格工程師前來。結果道格還未到，就發生了慘事；而道格一到，慘事還在繼續！」

我講完了我的 🔍推測 ，奧干古達立時說：「如果你說的那些煤精，和在蔡根富家中我們見過的一樣，那並沒有什麼古怪。」

「這其中究竟有什麼古怪，我還弄不清楚。」我說：「但是，一塊和一百零六塊之間，就有很大的差別。同時出現一百零六塊形狀大小 **一模一樣** 的煤精，一定有古怪！」

這時，拍攝裝備提前準備好了，經 **升降機** 🛗 送了下來。我們三人去將一切裝備運回礦坑中，那是一輛安裝了攝像鏡頭和照明燈的遙控探索車，連同遙控器，還有一個十多吋大的 **監視熒幕** 💻 。

這是相當緊張的一刻，當比拉爾控制着車子，向洞中駛去的時候，我們三人全屏住了氣息，一起注視着熒幕。

車子向前駛，我們在熒幕上看到煤層和那通道的情形，通道**愈來愈窄**，轉了一個彎，然後又轉另一個。我記得中士説過，他轉了三個彎，所以等到轉第三個彎，估計已深入三百米時，我們變得更緊張。

「**停一停！**」奧干古達突然叫出來。

比拉爾立時按停了車子，我們在熒幕上看到一個半圓球形的隆起物，那是中士進去時所戴的**頭盔** ！

我們三人互望了一眼，奧干古達向比拉爾作了一個手勢，比拉爾便操作車子繼續前進。十秒鐘之後，奧干古達又叫停，這一次，我們**清清楚楚**地看到中士的無線電對講機。

我們不由自主，深深吸着氣。通道十分狹窄，僅僅可供一個人伏着向前**爬行**，當時中士的確是這樣説的，他還説過，上面的煤層已經壓到了他的背脊。

在接下來的二十秒鐘內，我們看到了那支電筒，滾跌在一邊，接着是那柄自動步槍，然後看到了中士的防毒面具。

可是中士呢？中士到什麼地方去了？車子繼續前進，但熒幕突然變成了一片**黑暗**。

那種變化是突如其來的，就像有什麼東西突然遮住了鏡頭一樣。

比拉爾反應很快，立時控制車子往後退，熒幕畫面又清晰了，看到了中士的 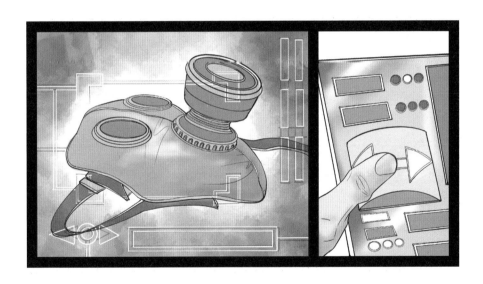防毒面具。可是當比拉爾再操作車子前進，情形和上次一樣，又被遮住了，什麼也看不到。

接連試了五六次，都是一樣，而且我愈看愈感覺到，通道裏有着什麼東西，在刻意擋住車子前進，我不禁大聲道：「通道裏面有生物！」

比拉爾不說話，只見他用遙控器將速度推到極限，畫面仍然一片黑暗，車子顯然仍被擋住**不能前進**。而突然之間，熒幕不只黑色一片，而且還顯示「信號中斷」的圖案。

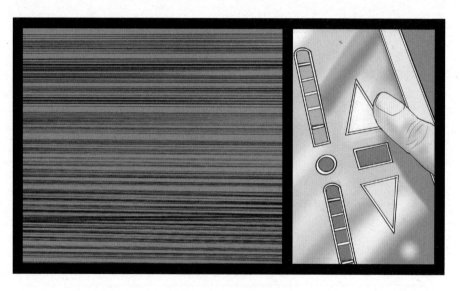

不論比拉爾怎麼操作，熒幕依然接收不到任何信號，那表示，車子壞了，或者損毀，至於是怎麼損毀的，我們互望了一眼，都感到**不寒而慄**，奧干古達突然大叫

了起來：「夠了！我宣布，這件事到此為止，永遠封閉這個礦坑！」

他一面叫，一面用力推動着一些**大煤塊**，想將那個洞堵起來。

比拉爾**滿頭是汗**，看他的神情，似乎也同意奧干古達的決定。我連忙説：「你們怎麼了？不調查下去嗎？」

奧干古達情緒緊張，指着那洞口，「這裏面——有一些東西，我們不明白，也不想再弄明白！」

「**中士的屍體呢？**」我質問他：「我知道你們這個民族很重視人們死後的屍體，中士的屍體你也放棄搜尋了嗎？況且，中士可能仍生還的！」

奧干古達的**口唇**掀動了一下，然後怒吼：「這是我們民族、我們國家的事，外人無權干涉！」

　　我覺得奧干古達的反應很奇怪，而且情緒異常激動。

我知道再爭論下去也改變不了他的決定，便「哼」地一

聲説：「對，這裏由你作主，你喜歡怎樣就怎樣。」

　　我這句話一出口，奧干古達好像鬆了一口氣般，繼續

用大煤塊堵住洞口。但我心中早已決定，會盡快找機會，

一個人再潛入來，查明真相！

回到奧干古達的住所後，我竭力裝出不在乎的神情來，「除了等待蔡根富出現之外，我已經沒事可做了，可不可以借一輛車子給我，我想去那失竊超市附近碰碰運氣。」

比拉爾**不虞有詐**，把車子借了給我。我開着他的車，不消片刻，已經轉上了直通維奇奇煤礦的公路。

我在接近煤礦的一家商店前停了下來，那是一家幾乎什麼都有的**雜貨店**，規模相當大。我進去，買了一套礦工常穿的衣服和一個頭盔，扮成**煤礦工人**的模樣。

當我買好及換上了衣服，準備步出商店時，發現角落處擺賣着各種煤精和煤精雕刻品，其中最多的是用煤精雕成的**臉譜**。

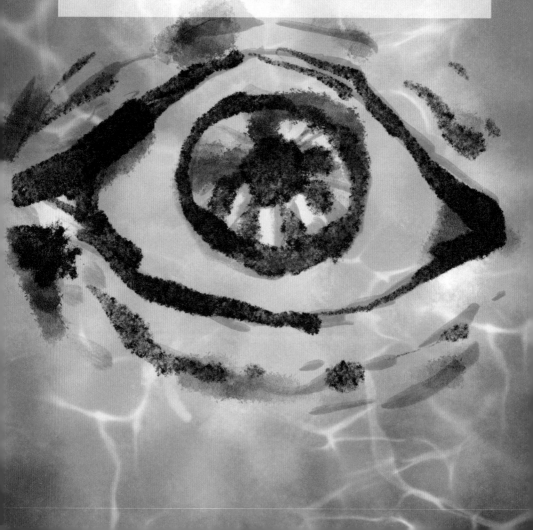

這種臉譜雖然大小不一，刻工也粗細不同，但有着相同的特徵，就是只有一隻眼睛。那隻眼睛還相當大，是正常人兩隻眼睛眼角的距離，眼珠在正中間。

而我更發現有一些用煤精雕出的圖騰上，也有着獨眼的圖案。

我看得**入神**之際，身後突然響起十分優雅的法語：「先生，你是非洲部落藝術品的愛好者？」

我轉過頭去，看到一個穿着店員制服的年輕黑人，我點了點頭，指着那些獨眼臉譜問：「這是　個神像嗎？」

「是的，這據説是**維奇奇大神**的樣貌，有人曾經看到過維奇奇大神，當然，那是很久以前的事了。維奇奇大神**主宰**整個維奇奇山區的命運，而我們的國家有三分之二土地在維奇奇山區之中！」

那年輕人解釋得簡單明瞭，我又指着那些圖騰問他：「為什麼在圖騰上，只有獨眼，而沒有臉譜？」

「獨眼是維奇奇大神的特徵，維奇奇在我們的土語中，就是**一隻大眼**的意思。」

第十章

變成了
維奇奇大神

　　我恍然大悟，也沒有再問，因為不想再耽擱下去。而我一走出商店，就察覺到有人在跟蹤我。

　　我走了約三分鐘，就弄清楚在跟蹤我的人，是一個幾歲的赤足黑人小孩。

　　我刻意轉進一條巷子，迅速隱身於巷口的一堆雜物後面，當那小孩走進來，**探頭探腦** 在尋找我時，我已來到他的身後，拍拍他的肩，「你在找我？」

　　那小孩嚇了一大跳，先向前奔出了幾步，再轉過身來，**結結巴巴**地說：「先生，你是不是中國人？」

　　我點頭道：「是的，你因為我是中國人而跟着我？」

　　「不是！不是！我姐姐叫我找中國人，她說中國人會互相幫助，有一個**中國人**正需要幫助！」

　　「那中國人需要什麼樣的幫助？」我試探着問，懷疑這小孩是個騙子。

那小孩看看四周，像是怕被人 **偷聽** 到一樣，低聲説：「我姐姐説，需要幫助的那個中國人，唉，全國的 **警察** 都在找他！」

一聽到這句話，我不由自主地抓住了那小孩的手臂，追問：「你⋯⋯説的那中國人，**叫什麼名字？**」

那小孩搖頭道：「我不知道，他是姐姐的好朋友，在煤礦工作的！」

我的心劇烈地 **跳動** 了起來。是蔡根富嗎？如果那個需要幫助的中國人是蔡根富的話，那實在太好了！

「那中國人在什麼地方？快帶我去見他！」

或許我的態度太熱切了，那小孩 **嚇了一跳**，我連忙説：「我當然不是警察，我是這個中國人的朋友，是 **唯一** 能幫助他的人！」

「好，你跟我來！」

「我有車子！」

但小孩搖手道：「不行！用汽車太引人注目，我姐姐説，絕不能讓人知道那中國人躲在我們家裏——」

我連連點頭，「好，好，不用車子就不用！」

他於是帶着我，從橫街小巷走，半小時後，來到了一個顯然是貧民窟的地方，街兩旁的房子，殘舊到了使人吃驚的地步。

我們又穿過了一條窄巷，來到一棟房子前，從一條隱蔽的樓梯走了上去，小孩一面走，一面轉過頭來説：「我們住得最高！」

我一直走上了四層樓梯，才明白他說「住得最高」的意思，是住在屋頂上。

要進入他的住所，還得爬上一道 **木梯**，穿過屋頂的一個洞，然後才是一間搭在傾斜屋頂上的木屋，小孩指着屋子下一個 **小小的 空間** 說：「這裏是我睡的！」又指着屋子：「姐姐住在裏面！」

他正說着，我已聽到一個女子叫道：「里耶，你回來了？我叫你去──」

她說到這裏，我已看到了她，她正從 **木屋** 探出頭來向下望，一看到我，就愣了一愣。

她相當 **美麗**，年紀在二十四五歲左右。我向她點了點頭，「我是里耶找來的，他對我說了，我願意幫忙。」

那女子吸了一口氣，「我叫 **花絲**🌹，請進來。里耶，看住門口！」

里耶答應着，我又踏上了幾級木梯，花絲退後一步，讓我從門口進去。

屋內相當陰暗而凌亂，我看到一個人 **蜷縮** 着身子，臉向着牆，躺在一張繩牀上，頭部蓋着一塊看來相當髒的布。

我正想向那個人走去，花絲卻攔住了我，我着急道：「小姐，我 **千里迢迢**，就是為了他而來的！」

花絲很愕然，「你……」

我指着繩牀上的那人，「他叫蔡根富，是不是？」

花絲聞言震動了一下，我便知道沒有錯了，立時興奮地用**家鄉話**叫了起來：「根富，我來了！我是衛斯理！你四叔叫我來的！」

我一面說，一面走過去，但花絲還是拉住了我，十分為難地說：「**他是蔡根富**，可是⋯⋯在他身上，發生了一些變化⋯⋯他的樣子有點⋯⋯怪⋯⋯」

我不禁啼笑皆非，「我和他小時候就認識了！我是來幫他的！」

我不理會花絲，向牀邊走去，可是當我伸出的手還未碰到蔡根富，蔡根富就突然用家鄉話叫道：「別碰我！」

蔡根富講話了！

我縮回手來，「根富，好了，**總算找到你了**！你不知道你四叔一定要我將你帶回去見他，你現在——」

我要問蔡根富的話實在太多，但蔡根富卻説：「你後退一些！」

我愣了一愣，只好**後退一步**。他接着説：「我也聽人家説起那記者和一個中國人走在一起，我猜想可能是你。」

「是啊，你的事──」

「我的事，已經過去了！」

聽到這裏，我不禁有點光火，「根富，你的死刑定在十六天之後，全國軍警正在找你，你在這裏也待不了多久！」

蔡根富**一動不動**，仍然維持着原來的樣子，「我不會留在這裏，我會和花絲一起到山中去，在那裏

過日子。請你回去告訴四叔，我很好，我……不想回去見他。」

我堅持道：「不行，你一定要跟我回去，見一見你四叔，我答應了的。在你見了他之後，隨便你再到什麼地方去，我管不着。不過**當務之急**，是要還你清白，所以，當日在那礦坑中，究竟發生了什麼事？那些人不是你殺的吧？你快原原本本講給我聽！」

蔡根富一聲不出，了好一會才突然叫道：「花絲……你解釋給他聽。」

花絲答應了一聲，向我望來，「先生，你不明白，他不能跟你回去，一定要和我**走到山中**……」

我攤了攤手，「我確實不明白，為什麼？」

她深深吸了一口氣，現出一種十分虔敬的神情，說：「先生，因為他已不再是以前的蔡根富，他現在是維奇奇大神，不應再在白人文明的地方居住，而該回到山中去，受我們**千千萬萬**族人的膜拜！」

我登時呆住，蔡根富變成了神？還是維奇奇大神？花絲那樣說到底是什麼意思？是蔡根富瘋了，還是花絲瘋了？我**忍不住**笑了起來：「根富，別搗鬼了！」

蔡根富的聲音竟有了怒意：「我已經和你說得很明白了，你還在 **囉嗦** 什麼？」

蔡根富居然生起氣來！我冷笑一聲，也有了怒意：「你現在是神，不是人，所以不講人話了？我為了你，**千里迢迢** 趕來，難道就給你一篇鬼話打發走？」

「那你要怎樣才肯走？」蔡根富怒道。

他是真的發怒了，一面講，一面坐了起來，頭上仍然罩着一塊髒布，極其異樣。

「你為什麼頭上一直罩着一塊布？」我一面問，一面已伸手想將他頭上的布揭下來。

花絲看到我的動作，立時抓住了我的手臂，現出十分驚駭的神色來，「別！**別揭開他臉上的布！**」

我心中疑惑到極點，花絲和蔡根富兩人的言行實在太詭秘了！

我揮開了花絲的手，「為什麼？因為他已經是神，所以我不能再看他？」

花絲竟一本正經，神情嚴肅地回答：「**是！**」

我不禁呆了一呆，「如果我見了他，那會怎樣？」

花絲轉頭向蔡根富望了過去，看來是在徵詢他的意見。

儘管蔡根富的頭上覆着布，應該看不見她，但他立時明白了花絲的意思，而且聲音變得非常莊嚴：「**誰見到了維奇奇大神，誰就要成為大神的侍從！**」（待續）

衛斯理系列 少年版 36

眼睛 上

作　　　者：衛斯理（倪匡）

文 字 整 理：耿啟文

繪　　　畫：鄺志德

助理出版經理：林沛暘

責 任 編 輯：梁韻廷

封面及美術設計：黃信宇

出　　　版：明窗出版社

發　　　行：明報出版社有限公司

　　　　　　香港柴灣嘉業街 18 號

　　　　　　明報工業中心 A 座 15 樓

電　　　話：2595 3215

傳　　　真：2898 2646

網　　　址：http://books.mingpao.com/

電 子 郵 箱：mpp@mingpao.com

版　　　次：二〇二四年七月初版

I S B N：978-988-8829-31-6

承　　　印：美雅印刷製本有限公司